# 本土不過了的台灣史詩

巴代

於我而言，以小說形式寫神話故事，可以有更深邃、豐富與精采的情節細節；以報導文學形式寫地誌、民族誌可以有更貼近地理、歷史的文學姿態；以大河小說的寬闊載體可以盡現家族變遷與社會環境轉變的枝節與情感。但《神熵之島》以組詩或長篇敘述詩的形式，呈演以台灣原住民為核心的神話、地誌與住民間的互動歷史，打破了我關於文類的慣習思維，看似簡潔與頗具巧思的斷句與混雜語詞，讓我跌落深邃的，更細膩的情緒波動。這是一部原創性、實驗性的，極本土的長篇史詩，一部講究詩質卻不耽溺於一字一詞生僻美文的詩作。

# 重造神話火種

楊佳嫻

神話從什麼時候開始退出人類生活的？文字出現之後嗎？風景藏著神，人們仍相信自己與野獸、爬蟲血緣連繫的時代，一切描述現實的方式，無論普通交談、故事、歌唱或舞蹈，發於外即為詩的本體。

而當代詩人無法想像無字如何生存，仰賴文字打磨重塑心靈圖像與世界山水，具有平埔 Kaxabu 族血統的吳懷晨，則還能從母系先輩特有的族群語言和形象裡，連繫島嶼歷史。他描寫祖母，宛如伊能嘉矩照片中的南島女人，捲髮，黑膚，雖然主要說台語，卻能傳述風景與蟲獸相互化身、山林能移動、水能聆聽的神話生態。

可見詩人對多元文化的熟稔、且毫不排拒：「曠野」與「苦杯」的對峙來自新約聖經，「舞舞舞」讓人想到村上春樹同名小説，白鼻心的躊躇是「鶺鳥踟躕」的在地化，「侘寂」是日本禪宗美學的 Wabi-Sabi……但它們都可以游離出所指，匯歸馬博拉斯身處神話之中的超然處境，一如最後對句中的爛漫自然（類似的對句也出沒在整組詩的各個角落如無邪的精靈，帶給沉重歷史以輕盈）。

其實這樣的書寫也反哺了日益僵化的華語，就像木心寫《詩經演》（又名：《會吾中》）使詩經在現代語境復活一樣，《神熵之島》也在某種程度復活著楚辭與山海經，這雖不是吳懷晨的目的，卻可教其他漢語詩書寫者深思：詩的大度、詩的餽贈是何等意外和奇妙。

這種大度與饋禮甚至出現在書寫「西番」傳教士也即西方文明傳遞者這一章裡，吳懷晨沒有像某種後殖民書寫一樣與前者無情決裂，反而是親近其本心，用意殊為敦厚。西方文明的進入固然加速了神話的消逝，但「神熵」之不同與「神殤」，就在於「熵」本身蘊含的矛盾與生機，此中幽微，可堪細酌。

在語言盛宴之外，《神熵之島》並沒有止步於神話重構，也並非單純頌歌式的創世史詩。詩人始終未忘抗議：平埔族複雜的族群身分在台灣未得到安置的歷史與現狀，一個個空白方框像無言吶喊的口，當第五十五首那排比如搖滾展開，便是宣戰之檄文，展開另一種詩語的力量：

□□在每天抄寫的純正國語裡出生
□□在溫泉飯店的采風歌舞團裡孕生
□□在公賣局的菸絲酒牌裡超生
哈利路亞，□□的父往來縣道省道
（為縮小城鄉差距盡份心意）
□□的母親腳陷茭白筍田鮮泥巴
□□阿妹妹邊剪菁仔邊背英文單字
（betel nut, identity, landslide）……

難得的是，最後詩人還將失名的族人與流遷台灣務工且被汙名的東南亞「外勞」連結，揭示出此時此地、當下依然延續的不公正與剝奪，其中氣度恢宏，義不容辭，開啟了超越本族本島的抗爭文學應有之域。這也是本書最引起我共鳴的，因為平埔族先民在殖民壓迫下遷移的苦路，本島的新住民們，此刻也在同行。

## 6.

馬博拉斯想「花」
　岩壁上有了花
馬博拉斯想「草」
　嶄巖上遂有草
祂伸手觸摸
卻碰不到「花」「草」
山神學會收束自己
紛雜的念

驀然瞥見，岩壁斷面

一小朵藍色龍膽探頭
漂浮白色海洋上
夢幻漸層
天地中一點藍
幻了世界

山神未曉
那勾搭，水神已靜靜滑入世界的孔洞
愛液，蘊藻，橫流
惡岩上赤裸熱情的撩騷
情慾佈道，遊走孢子細胞壁
鞭毛運動，先驅的苔蘚，深綠
淺綠，濃郁的地衣，舌信的慾望下
（綠色觸鬚慢慢覆蓋了馬博拉斯山的嘴角）

三角斑紋的水神，貪婪地輕薄根、莖、苞
葉、花，遂意調戲，舌信攀上萬物毛孔
白紅黃葉性感的褐星狀絨毛
風終來，嚴峻磽确的山稜
掀起陣陣綠濤
托葉闊三角的桐葉，花序軸疏生
蛇神脫剝纖纖柔毛
春已來
春天的樹液髓心奔流感性的血紅
（馬博拉斯向陽面的剛銳額壁已生氣）
一座大山
水神密密麻麻澆灌下
朵朵葉葉株株茂密成木木林林
森森雄偉在山神的面容髮梢胸膛

馬博拉斯合歡，而
春天已經來到

## 7.

風，亙古，從宇宙深處吹來，大地悠悠復甦，顏色沿馬博拉斯的臂膀奔跑，滿山遍野的花。

大風，托起了眾所有翅膀的，擕歌來迎接，啁啾成韻，森林有了心跳。

風女神蹁躚往心之谷降臨，風的話語灌入蹄嚙麃麀的塵土，魂魄由前生的幻想裡馳出。

芒野晴空，鈷雲味，妳是浪擲的閃電妳是不落地的櫻奔過曠野的脈搏樹海的肢體，追捕嬌鮮可口的獸。妳說，妳比風快，但神話即是——跟風賽跑中，豹變成風。

# 8.

紅彤放肆
綠雲蓬勃
黃燦綻放
紫堇鮮麗
青背嘹亮
風中不動的泳姿
毛燕嘎嘎
水鶇驚聲
藪鳥紛啼
色音繽紛的

妳曾在那一片風景
豹裂的心事中
一匹猛獸漩渦
雲渦繾綣躍出

# 9.

一頭猛獸漩渦躍入，和馬博拉斯一交纏，滾成圓活濃烈的疊句。大熊用肥厚的舌舔舐她身上豐滿陽光，乳房酸甜，森林汗漬大明橘（她膚體恆是曙鳳蝶的棲息地），光線一寸寸滴下，祂唇舌吸吮，光子唾液成蜜；蜜滴一道道鬃漆成雲狀金黃的蟒，豹女神。

熊豹在世界陰影下合歡。

豹母母後尾高翹鞭笞，亢奮地虐抽祂，瞬間抽乾祂所有精力，喜痛的奴僕。貪歡半晌，待大黑熊悠悠元氣稍醒，風一般的女子已後腳倒懸星芒，星際中隱匿成空。

渾身瘀黑，被虐待的只剩V型白斑，馬博拉斯一臉圓耳鼻骨重生樣。

# 10.

漫躺，祂們歡愛
腳倚魚尾鵝鑾鼻，頭
枕蘇花烏岩角，南向北
祂們魚脊成一條壯闊的
中央山脈（馬博拉斯
一個勃起，島中央
撞擊出日月雙潭）
祂們雙趴鯨身之上
島游四極，搖櫓歲月
藍海上細數北迴歸

## 11.

祂們妝點家居，捏泥為猴，吹氣鼓鼠狼奔竄，搔癢山林抖落一地針葉，祂們撿拾落英裁剪成小繽紛，落花流水，滿溪水的苦花蹦跳。

山風巧手捏坏嵐雲，植株島嶼四處，栽成目連、蘇香、鼠尾蘭、含笑等，福爾摩沙原生種。熊豹相追逐，凜凜的腳步碾踏白石山（那巨人的足跡將誕生人種）。

秋天，祂們將群星布置成飛馬座，春天白羊座。夏天則一逕將樂樂懸掛夜空，尊貴的蛇夫座昂起。星夜裡，樂樂的唾液垂涎而下，收納小米甕中發酵成酒。

山水風神遊走島嶼，讓山羊林鵰相鎚，黃昏與鵂鶹相依偎，蚊蚋與塔次基里溪相靦腆，嘴與酒相愛。

# 12.

每年秋冬，數萬候鳥返抵
依偎，歇息在豹母母
性感淚滴型的鼻端
每一位眷念此世的祖靈
入秋後，翅膀幻化出
從洪荒飛抵南島屋脊
祂們從遠方來，也從遠古來
（那野性與幽冥常駐）
——死亡後停歇於此的
豹，遊走熊背，長嘯出

太古的歎息
林濤就心跳神馳……

# 13.

霧暈夜
紅豔的一團慾望
躡足，熒熒溪水旁
牠輕舔萬點冰涼的星
樂樂溪流嬉鬧嘻石
在液態中，水兒散發誘人的引力
牠走入水，慾水相逢
疏疏朗朗的浮萍
靜水謐思
梅花鹿身上圓斑，一點一點的姿態零落

飄落水面上
沉下去，成
一枚一枚的金幣

## 14.

牠斷氣了從千仞懸崖
摔落下，魂破血流，羌
呼吸逃逸。豹母母捻
白雲止住牠傷口，肋骨
重新組裝，拴緊細脖子
在眼珠位置填充鵝卵石
在心臟位置擺入靈鳥
「干」，野羌嘶喊重現
牠復活溪澗矮盤針林間
「干」威風又處處。*

……

* 山羌的叫聲接近國罵。

# 15.

嘩然雪塊下濺碎散
亙古林相冰又濃綠
杉冷亮寒劍
崖壁一幅黑白凝重
密鬱幽幽的霧凇
嘩然點滴
淡漠山水的大氣
杳柏挺立
躍出，一頭神氣水鹿
四肢緩步在冰雪

（馬博拉斯沉入冬眠）
一身黑褐色冬皮毛躍出
一頭水鹿顧盼間不可一世
躍入晶白的日的寂寞
躍入很天的藍

## 16.

闇黑坍縮無限的
力度中，繡眼眉鳥
振翅搏扶搖，往
絕頂之峰飛來
祂智慧嘴喙叼著
一顆絕對質等
愛恨核合的稠密
星際熚熚之物
——人類世的日冕
投入悲酒領唱的
篝火熊熊舞夢境

# 17.

夜黑緞子曠野地
熊在篝火前飲苦杯
一千顆骷髏在火堆裡哆嗦著牙
（鹿首、豬頭、猴蓋骨）
靈鳥在紅焰中哀啼，祂的核芯
流轉著塵世的光譜
篝火熊熊舞夢境，島嶼：
「箭矢，人類世中殺戮著」
。隨之槍砲彈藥彈彈擊中諸神的臉。

弓弦的段子，簧片銳
蛇在篝火前飲苦杯
一千顆骷髏在火堆裡哆嗦著
（樂樂、豹母母、馬博拉斯）
濃髮公主依偎蛇神唱起墨綠色的歌
論斷的火焰明亮

篝火熊熊舞夢境，異象：
「文字，人類世中梟叫著」
。諸神無一願識得書寫。

馬博拉斯抑止不住左肩凶靈
土石簌簌流瀉
（氣氛緊張的連天上日父都遮住第二隻眼）
豹母母苦嚼菸，慷慨把濃稠的夜色

倒成酒，撫慰祂右肩善靈
樂樂擊鼓，血液一翕一張
篝火熊熊舞夢境，凝視：
「蛀牙，藍火境中淌血」
。水神托住腮邊喜吃蜈蚣的牙。

## 18.

驟然，火堆飄浮喿喿
星河之中大旋臂擺盪
大熊座、蛇夫座、獵豹座
真空中端詳無聲息

祂們寓目數算（悲憫
堆滿心），馬博拉斯
凝視那顆火境中蛀牙
不忍，沖淨黑黀黀齒垢

祂們寓目遙望（心境
幽冥難測），馬博拉斯
伸手入黑洞，握住
一隻手（懸臂）草書
「永不滅絕」

寓目遙測，淚珠
傾瀉如滿溢的流星
樂樂手執靈鳥，向境中
（以光速）擲向
人類世一臉哀戚的熊

孤介清醒的心
再無口傳頌歌

風颺千種形狀
火舞萬種禱詞
消散都將無夢
——諸神無念。

# 19.

霧色迷濛群山怒起舞
頭鷹山站起來踢躂，赫～恫恫！
安東軍山也聞歌淩波，赫赫～慟慟慟！
無明山與無雙山交叉牽手
霧暈之下，赫～恫恫！
眾山在島嶼大地上跳躍
「祛邪除魅」，赫赫～慟慟慟！
腳步震宕
刑天欲聾，左右搖擺
祂們揚眉祂們怒視

雙腳極速跺地
「永不滅絕」，赫赫～慟慟慟！
跺地，恫恫恫，大地震動
祂們左手握拳
祂們左手置放大腿間
祂們右手，動動動
嗟嘆揮舞，赫～恫恫！
猛志炫目，赫赫～慟慟慟！
祂們怒視祂們揚眉
雷霆震動

## 20.

歡宴後馬博拉斯
緩緩躺下，冷眼自己
成為島的內在
骨肉髮身將融入
人類世（祂是比島嶼
還悠遠的根，是最
慈悲喜捨的土壤），

批奧崎硊的雙肋骨
風化，一整列新生的馬博橫斷

襞摺的雄偉山稜線，

濃密的熊毛髮，豎立成
高海拔冷杉、鐵杉、雲杉林
殘留的餘氣吞吐凍頂雲霧，

幻狀皮屑沿島丘陵飄散
由南到北，翳著奔放綠色調
淺山滿是一株株樟楠榕，

解出的體液緩緩澆灌了平原
沃土，豐饒的手相成水圳
密密麻麻川流了西南沖積傘，

生殖器在島的尾端
囫圇，慾念（海綿體引來千年後
神話學家細細切片）隱隱，

而中央山脈深處
心的寂寞地帶
則見，一株挺拔台灣杉
向晚雲兒湧起了
英姿高大破雲渦
直到碰觸到天上
璀璨的星！

## 21.

思及悵然，樂樂
祂吸乾山川所有的水
蒸騰，讓自己無限
飛昇、凝聚為天邊
萬種雲朵
輕易就蛻皮重生
俯瞰祂深愛蓊鬱的島
（陰翳倒影是祂的依戀）
總是在燠熱的情緒下
一滴兩滴自由落體

傾訴回河道
陸空樣貌轉換之際
水神三態
祂靜觀世間
蛇行、河流與雲的心事

## 22.

雲豹在山中奔跑
莽林潛行，溪澗畋獵，越奔，祂越消逝
身上一朵朵雲轉透明
豹母母在北大武山絕頂佇足聽天體席捲俯瞰遼闊
的王國散布
祂的冷眼從不疲倦
縱然風聲偶怨：
「我輪廓斑點漸淡細
每一朵雲都是眾星的一隻眼
神話漸遠行
美麗島也就無需我等的足跡了……」

## 23.

一隻栗背林鴝倏忽
斜斜如苞拂落在赤揚枝椏
三兩片落葉鼓翼
薄霧遷徙
山風與谷地間，層疊明滅
暗綠而青藍
隱約粉藍耿耿的在更遠那邊
曦光戀上馬博拉斯山鞍部
草本氣味，早晨的空氣
不知何故，故事一片安祥

喜燕嘎嘎
紅尾悄叫
青背嘹亮
神的三角紋緩緩滑步入水
黃花綻放繽紛的音色，夏至
七月下旬的獸徑
暑熱漸次烘托於樹蔭集體的情節

# II

# 弋獵

# 24.

如何能夠不相親相愛
天空的鳶追逐白晝的雲
如何能夠不相親相愛
夏至的溪親吻月桃的嘴
如何能夠不相親相愛
狩獵勇士已跋涉到遠遠山崗
如何能夠不？

霧間女孩已不語了好幾晝夜

如何能夠不？

## 25.

栓皮櫟蹦跳進後院
它從日父的午宴回來了
渾身吸飽了晶亮的光子
羽澤刷拂亮俏如嘯鶇

屋前小米傾耳
花序認真聽著禱詞
心念祝福中迸發抽長
一畦喜事正懷孕將產

## 26.

沿著脈勢右翼的襞摺
靜探坍落一去不復返的險崖
沿著邊坡左側的純林
悄悄一窺底下清溪滂鳴的白波
帕托魯帶領，橫渡的岩膚晶亮
涉渡中，鼯鼠嚼開青剛櫟的春天
對岸脈脈樹林
靈鳥搖著風鈴
馬博拉斯對牠鳴聲中的訊息一笑
霞翳在森林上緣渲染移動著

——馬博拉斯感覺到胸臆莫名
世界悸動正推移
更高闊的絕頂山容上
嶂巒裙裾推移向晚的天邊
所有的雲都轉頭看他
山裡走，走在山裡
步履脈脈每天跟山有說不完的話

## 27.

踏上那道奇險鹿徑
粉雪嫩紅黑帽森林的綠
岩膚下緣
卻裸岩銳刃
狂風揪住殘枝的脖子
粗礫一投降就墮入無間斷崖
（溪壑細白游離）
斷面一洩千里
在山裡走
走入一道大自然的傷

走進雷電風雨劃過的徑
山，明白袒露自己
馬博拉斯卻揪住
自己的心。

## 28.

風嘯葉呢
一地種子雨

唯風之步
小帽櫟輕滾去

蜂舞

山鷓鴣叨念
羌再啼
聞鷳遲疑續步

在山裡走
走山裡
纏綿山體千歡萬喜的身

29.

暴雨中眾人渡涉濁濁溪
暴風中眾人渡涉老老溪
暴雷中眾人渡涉樂樂溪
在山裡走，繾綣在溪澗
千絲萬縷的血液裡
風暴中眾人衝入獵寮
燒起熊熊焚火
慓悍的魂魄，帕托魯
口啖發散水氣的山肉
︵心思在幾重山外

纖纖細手正織衣）
深奧處的太古之境
雨煙飄渺
杉檜庇護的純林
待踩的，枯落物墜土嘆息
夜初，濃綠淺綠轉墨
馬博拉斯孤穩的額
獵棚下
數算綠綠迴旋
心思在更遠的更天外的
一切正推移
運作，天水滴答
滴答
落

## 30.

夜裡，唯風歲時
未訴的嵐霧將步

少女正織布
織成愛做的衣裳

少女正織布，茜草朱殷
織成心做的衣裳

拿著綜絖棒

思念織就的標旗衣呀
織呀！織呀！
清澈的眼，白皙的手
拿著綜絖棒

# 31.

喜悅的禱詞芬芳田地這邊
山的那邊蕩漾豐收的歌謠
小米粒晃著嫩頭聽啊聽
美麗的歌唱靈魂聽鼓動
小米粒的身影隨波韻律呀
左左右右驅蟲正喜悅
上上下下抽高正長大
喜悅禱詞蕩漾達芬的哼唱
美麗的歌謠婦女齊盪鞦韆
栓皮櫟蹦蹦跳跳同哼歌

從日父的午宴飽食返家了
快快樂樂跳入屋宇
左手枝椏長長伸入爐灶
採集的光線便餽贈給灶
火焰，瞬間熱情起舞
舞舞舞，魍影的跳姿
舞舞舞，狐魅的舞言
達芬，取一粟置鍋中蒸煮
藍焰白熾曳夢境，舞舞舞
粟心與焰靈偷情，小米膨脹
惘惘惘，哼歌腥臊餵之以薪
姦情越喜，小米愈發自大
得意身軀脹滿整屋呀
栓皮櫟整株拽入灶焰舞作

喜悅的禱詞芬芳在傳說這邊
未開化那邊蕩漾著宇宙共振
星宿的火束人世見悸動
一粒米，身軀胖到塞滿屋
老媽媽達芬只擔心勇士
遠征是否饑寒是否安康？
膨脹米身擠壓下，老媽媽
疲倦入睡，泥火困頓
美麗的歌謠螢火蟲齊歡唱
斜陽在山的那邊搖晃著黃昏
低頻的灰燼，達芬喵兩聲
睏作一隻蓬鬆靜候老母貓

# 32.

奔跑，馬利加南嶢嶢立稜線
折斷，一根銳枝崩斷握他手
守候，督巴斯負嵎崩壁上額
四名族人如蜥靜伏溪谷下方

馬博拉斯把自己站成一座
熊抱的山
一抹狂暴的灣
一處滑落無止盡的懸崖

無處可躲大山豬
倔傲如大紅檜粗壯撞來
一奔箭聲！馬博拉斯箭矢落空
殺戮無以追擊
空谷低迴的意識

驀地，一支箭矢如隼飛出
帕托魯從旁拉弓釋放
流星般直射
銳牙狠狠咬住公豬喉頭

# 33.

「食我鮮肉
戴我獠牙
飾我俏尾
衣我外皮
祀我顱骨
赫赫赫，我是寶
是勇士的呼喊，恫恫恫
獠牙四指寬耀揚威武
氣動山嶽中央山脈大雄豬」

大公豬泰然露肚
帕托魯刀光鶻現
肝臟削片沾獸毛
禱詞滑順吞入喉

# 34.

夜黑緞子曠野地
（馬博拉斯拿出羌皮囊袋）
掏出獵人最可靠的朋友
舞舞舞，溫柔不息小火種
從他歇息袋裡出來舞舞舞
鮮肉俏尾顱骨正等著
吃吧，生猛的鬼燐
火神，狐魅的舞言
馬利加南採取左耳藏埋之粟
九穹木燃，恫恫恫

弓弦的段子，舞舞舞
篝火苦杯暢飲下
所有的夢都出來跳姿
（人啊人，馬博拉斯
思想著）帕托魯邊歡暢
一邊磨著備用的箭矢
漸漸銳利，他渴望
捕獲一切的心……

## 35.

在山裡走
獵人走山裡
享受纏綿山體千思萬想的身
靈鳥又在枝頭搖風鈴
眾人對牠鳴聲中的訊息一笑
霎時，箭矢如鷹
馳飛往前
帕托魯銳矢落空
石上有旁觀的鳥

馬博拉斯詫異聲中
又一支箭矢削過
藪鳥無聲，落地
帕托魯趕去接下
拔出靈魂中心的鵝黃胸羽
獵人最虔敬的心輕吻
在嘴邊，呼氣
祈禱召喚來更多猛禽飛鼠
奔山咆哮的走獸
樹上有啄食的鳥

## 36.

帕托魯執意鑽游
灌叢心結的枯矮圓柏
一行追趕靈鳥
躍出，一頭顧盼的水鹿
傲然神姿緩步在草原
帕托魯視而不見
胸臆搆樹根，腳蹬岩光
向上奮力攀越塵土
終站上絕巔
誠心的蔚藍藍晴空

鈷雲炸裂生之慾
白海上天際中一尊聖容
巍峨的馬博拉斯大山
馬博拉斯的雙眼卻頓開
鬱鬱蔥蔥的木木林林森森
浸淫在花花朵朵的暗香
抬頭，蒼茫的遠方
他見著一切，心瞬間烏有。

卻見，靈鳥振翅
摶扶搖直上，突高掛青天
竄入一顆紅通通的太陽。

# 37.

馬博拉斯眼見
重疊，群山之外
更遠處熠熠的藍色布疋
完整圍繞鯨身島嶼
旭日照耀下生輝
天空迤邐銀雲渦
正奔向
渺茫無邊的藍色平面
「那是？」
眾人搖頭

「是逐鹿的水澤」
眾人搖搖頭
「是仙界的平原」
眾人搖頭
「那是天使的眼淚」
眾人搖搖頭
所有心虛遲疑
烈日杲杲目盲中
蛻去外皮，每個族人
都是幼獸，蛇的幻影
豹吻的奶水，熊崽子
孩提永恆——成為人
我們是山的孩子
馬博拉斯輕道聲。

## 38.

夜黑緞子曠野地
馬博拉斯坐飲苦杯
小火種，舞舞舞
馬博拉斯眼望火堆
石上青苔，雙手
摩挲發亮的箭柄
檜木焦棱的幽香
（躊躇如白鼻心）
侘寂頓然的當下
石上是旁觀的鳥
樹上是啄食的鳥

39.

夜裡，廣袤藍疋洶湧著，神木般大生物噴躍翻滾，七彩礁岩，磷光浮沉點點，紅綠石樹枝，浩瀚的夢液包裹著馬博拉斯，幽游如苦花，「我是山的孩子」。

高空藍色綢緞銀河繁星點點，漩渦明亮夜幕上窮追嫉妒的天后，狩獵女星拔杓追擊。無數天空的眼珠——無數的太陽倏瞬睜大眼。

那廣袤藍平面是山下另一片天空？

紺黑夢地，大黑熊用力掐住馬博拉斯褲襠：「你靈強大，是從你父的睪丸而來。」他頭顱埋入胸膛，蹲踞如葉尖，垂首成一莖謙下的野芒，萬物拂過而不覺……。

## 40.

晨起，屍骸相疊，白骨般
圓柏枯木，太陽銀輝眷顧
世界是一片無垠燒燙的板塊
眾人僅以山棕葉遮日
督巴斯低伏啃飲旅人蕉
小劍大劍火石雄渾的犄角
刺向東郡無雙的脈搏

一馳箭聲！
帕托魯拉弓釋放

箭矢飛出，迅疾，如隼
流星般直射，他得意
自滿的心天奔而去
一口銳牙狠狠咬著日陽的面容

一團火球狂暴
太陽手摀眼珠，流出天藍血漬
蛋白的汁液
驀然，天地變色
所有的山都轉頭看他
闇黑——自閉於五指不見黑闇
自卑於世界伊始的虛無

41.

世界一無所有
雲水落下來發愁
天聾地盲
在廢墟
幽冥大化中
馬博拉斯默走良久
驀然，一聲羌叫
哀鳴喚亮了宇宙

他踱步過去，見

月亮，她獨坐
湖畔柔軟梳著風鬟霧鬢
披肩飄垂在一座無源無始的冰磧湖
「這是我的湖泊
我醜陋傷痕的鏡
從褪色的日而來」
女神額上獸嚙的痕

馬博拉斯獻上一塊布
拭去她眼血，汙漬拭出
——月的陰陽黑白圓缺
宇宙獨一的月母
從此引力無形
勾動植栽落土

# 招喚潮來潮去
# 陰性者的心事

## 42.

五節芒絮完全飄落後
曾是的一塊叢林被切割
晾乾，烈火焚燒
再以亞熱帶雨水餵食
耕地，闢土，以燧石刀
割開鴿羽色的裸岩層
當獵人，腳蹤迴旋，山谷
原始森林裡家屋次第浮現
竹圍迴繞，久離恨巒丘
她們依序抬出泥壺，婀娜
的纖肢在土堝屋前款款

灶火燃燒，恫恫，舞舞舞
火精靈竄烈在乾裂柴薪
（那火焰，少女從中見著
一團烈焰從高空墜擊）
族人頭戴刺桐花與澤蘭迎來
鑒照獵人泥塵布滿的額骨
時日盈虧，涼風吹得英勇
高風的白雲高唱著戰功
中海拔的展望，外圍
鬼桫欏密密叢生墨綠林
相思樹波濤綿延無盡獵場
生之慾的明亮與氏族
習得農作的曆法，祈禱
平和年祭終熟成

他們把武器置放胸間跟前
撫慰箭矢的征途滄桑

亙古的風始終吹拂著
宰雞、釀蔗漿發酵為酒
孩童著蛇骨項鍊奔過
豐滿的桑、柳莓與山蕨菜
粟莖的力拂過卜夢的網
她們依序抬出杵臼，多姿
的軀體隨著漆木碗搖擺
家火燃燒，慟慟，舞舞舞
（那意象，少女眼睜睜看
傷墜的靈鳥焰擊情人）
走動在弓弦音階中，粟神

引力，夜魅與火精靈共舞
男女跳頓步，鴒耳開合
銅筋鐵背以足跺地
篝火狂喜，豐滿的收成
人世的永恆青春
蜜蜂嗡嗡醉酒，口琴甘美
簧片音銳（帕托魯卻斷頭）
篝火狂騰，男女鷹揚跳步
少女，美麗的唇終輕啟
小調流洩，卻是哀音
澄透的餘調，族人都肌寒
五節芒都哭泣
在芒絮完全飄落後
在第一次檳榔花束綻開前

# 43.

亙古風吹拂馬博拉斯
撫慰他身上虯曲肌膚
更高闊的山容絕頂
所有的雲所有的鳥

眉溪優美輕喟嘆著
輕輕腰繞沉積小山丘
世界悸動正推移
太古的風從宇宙深處

（那射出的箭徒然
天空軟弱了，終究
只捕獲了虛空，落下）

他赤腳渡涉過寧靜
溪流，台地的歡迎
可愛的竹叢記憶奔流
所有的山所有的征途

馬博拉斯孤穩的額
——胸臆莫名的推移
平和的樣貌，成為人
周身環繞馬博拉斯的
是始終亙古的風

## 44.

鏦～鏦～鏦
悠緩而慢長的間距
莊嚴地敲，韻律地停
錚～錚～錚
劃破部落整體的寂靜
心之寂寥，月朦朧
淒清山坳之處幽幻
霜月下
老婦已不語無數寒暑

清澈的眼，蒼皺的手
老婦已不語
拿著綜絖棒

I、II所論及之神話，在台灣南島各族多流通廣衍。射日神話，計有十餘族（含平埔）留下口傳。黑熊、雲豹互相塗色之傳說，主要有四族，熊豹之間的關係有朋友、兄弟、男女等多種。洪水神話則原住民十六族及平埔諸族全都有口述。

神話、傳說，情節多屬虛妄怪誕神怪奇方之事，寄託為洪荒以來宇宙間之動盪。我常書寫發明了一些奇幻，繼之才發現這些奇幻早已在口傳中繁衍蔓生形變許久。

如，寫完山神化為島嶼山川草木後，我才讀到了布農族傳說。按布農，太古有女巨人神遊於虛空，呼出之氣化作雲霧；皮膚化為大地，周身毛髮生成一株株神木，雙腿部則是郡大及巒大山脈，高聳的上身是今日玉山。

Kaxabu 的神話則是：從前有男嬰遭棄山中，一白髮老翁撫養長大後告之，你名為Kaxabu，你父娶布農女為妻，即汝母。你的阿姨許配給泰雅。你是山，山巔是頭頂，整座山是汝身，山川、水流是血汗。

而我同樣寫完了梅花鹿圓斑沉落水中變成金幣後，才讀到《葛瑪蘭志略》：「有土番識寶氣，嘗望玉山尋之。至山麓，涉溪，忽遇金鹿一頭，跳躍而過。遂之，轉一山坳，不見西行數武，有一潭，大數畝，水亦清淺，中多金鯉。入水捉之，得而復失者再。潭上石閃爍有光，破之，得金沙，乃懷石以歸。」

布農傳說中，人類射日後，世界昏闇，因一聲羌叫而點亮了宇宙。受傷太陽成為月亮來到湖邊映照自己的傷口；人類遞布，讓月亮拭去血漬，此月亮陰晴月缺之始。月亮更從此教導人類按其圓缺耕種祭儀，始有農業。此湖，即「月亮的鏡子」，今嘉明湖。我深愛此傳說。

最後，筆者將水神取名為樂樂，實因東部有樂樂溪，又名拉庫拉庫溪；而全島都有濁水溪，樂樂、Luk-Luk、台語「濁濁」，全都是同義的狀聲詞。樂樂實在是適合名為台灣的水神。

# III 西番

## 45.

霜夜，使徒逆著海漲推進
大洋滿臉怒容
平靜黑幕上，熠熠星子高掛
水手以槳推開大海
歡呼百萬計發亮的纖毛蟲
頓時水中匍匐，星體燿燿
番手入海水，一合掌
如捧住整座絢爛的
銀河子宮

島嶼鯨身唱著海波小精靈之歌

始終斷在右邊

晨臨，帆桅仍在白色怒浪上
太陽再次溫暖船艙以愛
砂石海灘現身
岩壁裡石英閃爍不可測度
是地層中創世紀的約
他們上岸歇息嚼醃鹿肉
亞熱帶山羊從險峻峭壁走下
一群神的筆觸
牠們剪毛潔淨

航向奇麗南國的信仰之海
始終不渝在左

# 46.

鴉片菸、尿味騷
竹篾塹，在主造的夜晚
諸等客途，棲於桃仔園的棧房
跳蚤手舞
在他身上歡宴
「臭蟲，你也愛洋鬼仔的血？」
他是上帝所造
魔鬼，你也是
主創的白晝

路人用豬糞辱抹他
雙眼底下幽禁的幽火
燒他。藍眼珠擘餅
那葡萄汁的歲月，是主
為世人捨命
上十架，「臭蟲
不來嚐嚐神的寶血？」

邪靈的廟會，紅肚兜
執羽扇的少年們勾勒過
法劍銼穿一幅黑底潑猴臉譜
的頰，他蛾目翹流血
驀地，藍眼珠的眼
卻被砸來一顆恨之入骨的石

「臭番仔」，一顆
遠自白堊紀的矽質岩

# 47.

柚瓣香、水涓細
頸上裸環貝殼鍊
風質衣裾擺如燕
古調如花粉迸裂
笑語蜿蜒
潺潺曲子冰涼了盛夏
凡此際者皆歌

葫蘆瓢、角質珠
小山以歡樂束腰

大地要滴甜酒
蜜蜂急流？
還是流浪垂柳？
南島女子唉哼的舞步
捆禾回來
凡此際者皆舞

裙擺歌舞
下體盪開
她們無矯飾地綻放
（羞恥從未支配她們的腦）
赤身出於母胎
人體幾何眩目
她們頭直挺

首頂水陶壺
如一根羅馬圓柱
走開

## 48.

越過焚後的耕壤外圍
鬼杪欏密密
越過藤蔓纏繞的寓言
墨綠色中海拔的指引
困圍——層層竹叢
入內的神識與青山
戀戀，溝塹防衛之姿
原始土屋次第
浮現，就要見到那傳說的
前世。骯髒濕黃泥土地上

斜傾的鞦韆
幾根原始木焚後焦棄
簧片音鋭（訴說的
內情，一支叭野地裡吹）
木瓢椰碗汲飲，動脈綻放
劇毒惡花，烈艷
族人狼狽醉

野孩持桑莓奔著
眉溪優美腰繞
輕喟小山盆地那弧度
生之明亮、慾之盈虧
藍眼珠見著……

# 49.

一頭野性的梅花鹿婀娜踱過來
躺下，獻身的姿態，她與荒野的祭
督巴斯俐落手法，侵犯她，筋
膜、骨，族人咧嘴歡愉，狼吞結締
美鹿眼見自己半身軀體漸鏤空……

（藍眼西番一夥竊語：食生物
飲血茹毛，鬼卒，以殺為事）

然每時刻，紛紛無限白衣小祖靈

自藍眼珠後腦殼分裂飛生
祂們歡唱，雙翅是痙攣的聖扇
聖歌響徹原始林
藍眼珠等卻充耳不聞

（形體無相無性，光環罩頂
祂們是西來福音的小傳道？）

馬博拉斯咧嘴蛀牙對祂們笑
小傳道唯一的苦惱意識
是頌歌榮光中，無名透明的自己
己與己嬉戲，終究分不出
哪一個是自己……

（買辦苦力同夥人覬覦著生剝
的鹿皮，槍枝如鼠狼猙獰）

西來的番人不知，月暈夜
紅豔的一團慾望，圓斑點點沈落
成一枚枚金幣，拾獲者將得福
夜入夢海同島嶼鯨身泅泳嬉戲
繡眼眉鳥，將永恆於鬱鬱森林
旁觀、啄食，指點獵物的左右……

## 50.

晨臨，督巴斯牙中蠱
痛得失去獵人儀態
無數鬼卒在腦中征戰
馬利加南祈巫語祝福

西番拿鉗具，三秒
扯下臼齒，黑飁飁
蛀蝕的齒質
嗅如地蟻墳塚
惡靈讓族人都眼懼

督巴斯湊近瞥睹
蛀洞裡——太陽燿燿
神女在星體上吹笛嬉戲
壯麗臂旋正浩瀚挪移

番笑：細菌正熱舞
以消毒水輕鬆噴洗
西番架設顯微鏡
族人闔眼輪流看
黑漆漆，已空洞無物

# 51.

亙古的風吹拂著
世界悖動正推移
族人拂持芒莖之力
西番取過鹿頭骨
筋、膜、結締
聖善手法解剖
C型刀劃破眼球壁
探撥緊張的視網膜
弟子咧嘴紛讚嘆
（小白衣祖靈瞬間

森林半空中化為烏有）
燧石刀上旁觀的鳥
感光層的旋律
設計主的靈環繞
大愛，無非是
進化的神話。

## 52.

西番教他們寫「山」
所有的雲都轉頭看
一筆一劃刻痕他們的手紋
馬博拉斯抬頭仰望
四圍峰頭勾勒之勢
黑闇起伏的葉
裡頭有頡頏鹿首，猴尾掛鉤
大山豬獠牙嘶鳴
風枝掩藏了太初大寒
他們不知道「山」是什麼

## 53.

馬博拉斯是山
興奮的嚮導
番渴慕跟隨，越過
多少浩瀚，隨信心的氣團
上升，暖濕（背離海洋），冷卻
到露點，和緩地堅守
地之極洋之濱的
島嶼心臟
似霧，波浪襲來，依戀的
族人的歌似遠似近的神聖

霧林帶，波浪渴慕一般，番
這麼地趨近，似霧靠近了
心的寂寞地帶
走入西廂枝椏柔軟橘鬱調
東側墨綠光祈禱聖殿呈十架狀
——宏偉大教堂
神木紋理一枝枝直翹的尖塔號角
木木林林森森偉偉卅人環抱的巨熊身軀
沉默，骨幹高聳入雲，越是堅毅
站立成一株株挺拔的眾森之島
番喜悅（同弟子們），他從未
陷入過的屬靈失重，蹲下
他從未見證過的
——主創大自然的眾森神殿

低撫低垂的小草，頂上
樹冠彎成大穹頂，「曲線是
屬於上帝的」，夜初
濛霧漸散去，拱頂之上
芒星，億萬計發亮星子
燿燿，望整座絢爛的
銀河子宮

## 54.

又來到分離的心波
人間哼哼，古調蒼蒼
一群族人隱去
宇宙叢生的葉綠素裡
慢慢走
入亞熱帶至大論的山景
緩緩越過一道光芒（結晶
片岩閃閃）又一道
狩獵的人以歡樂束腰。

赤腳渡涉過寧靜

西番，彷彿是溪流
週日禮拜
一夥人平和的慰勉寄託給禱詞
男人，婦女和孩童出來對喊
深長宏亮的屬於
台地的道別
肥沃，水沙連緣分滿是真實
許願的水稻，水道蜿蜒向外擴張
可愛的竹叢
記憶羽狀複葉，「距離帶來迷人
的景觀」及信仰奔流
而出，犇牛
視野，他回頭望
他遙遙瞵視的邊緣

族人隱入自然裡的光景
小米粒般身影跪圍成
一圈祭禮，創世紀
髣髴。

終將浮沉為若干年後
的傳說，聖詩連綿成的
旅程直至稍歇
謝飯，「罪的距離
帶來這餅與慾的忘懷」
大樹收束的天地裡
神話躺下
轉世，石默想，蟲寐
番沒有睡。

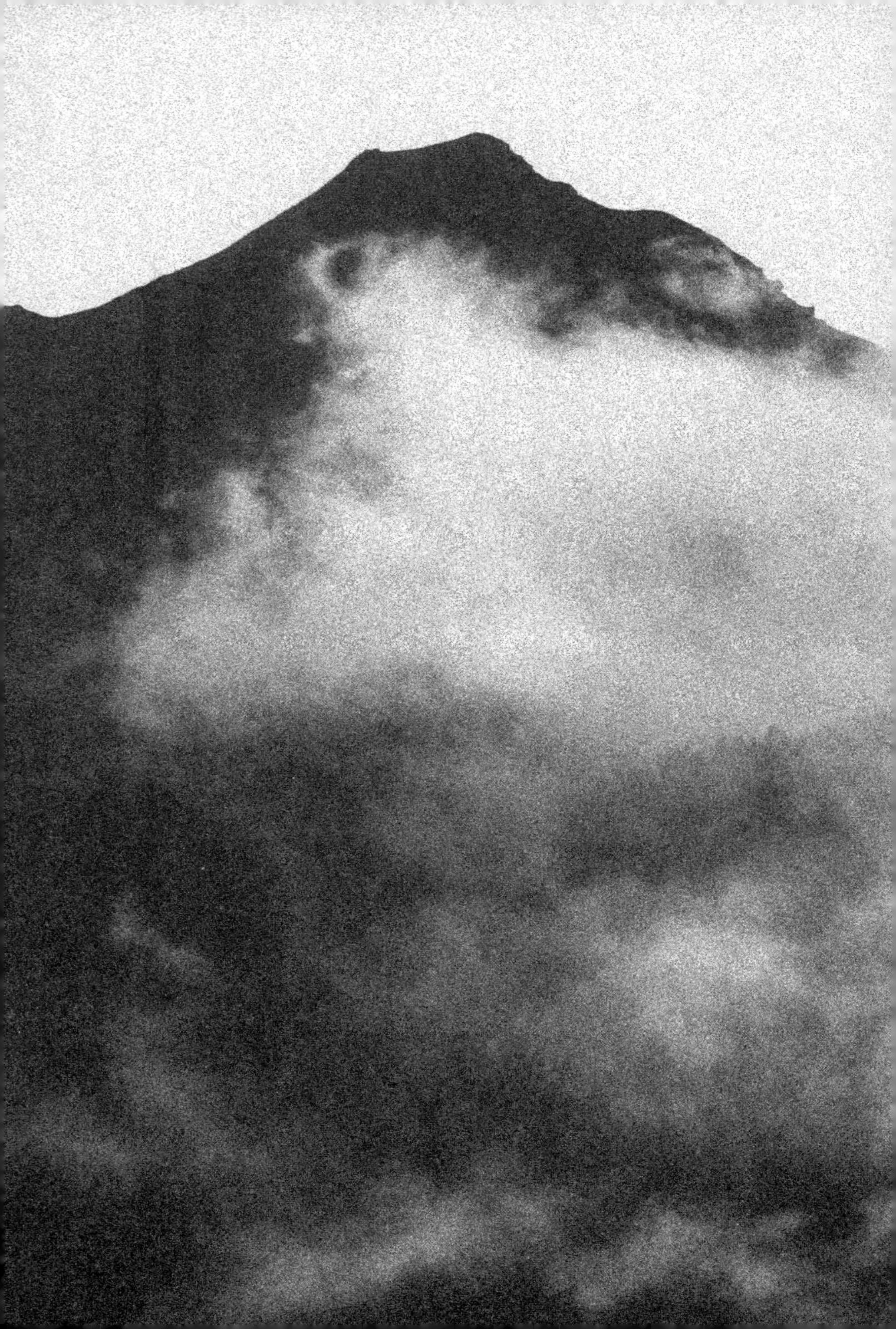

# IV 釋美

## 55.

□□在每天抄寫的純正國語裡出生
□□在溫泉飯店的采風歌舞團裡孕生
□□在公賣局的菸絲酒牌裡超生
哈利路亞，□□的父往來縣道省道
（為縮小城鄉差距盡份心意）
□□的母親腳陷茭白筍田鮮泥巴
□□阿妹妹邊剪菁仔邊背英文單字
（betel nut, identity, landslide）
□□的上學路，從眉溪河岸出發
乘藍色得利卡一路卡進中華民國

馬博拉斯便當裡（不要再問了）
從沒有飛鼠屍骸，只有苦味箭筍
拌飯的村落晚餐
以相思木升篝火，舞舞舞
割山獸頸部肉（塊肉餘生）
滴幾滴米酒，虔敬祭禱
給露水神、給稻埕、給土地公
（主，對不起，我不喝了）
同胞盛宴的感覺
一起一起的歡唱
比一個人的歌唱來得更美好

在文化教室裡，學文化

在世界展望會贊助下，□□學展望
在捐贈的二手編譯書裡，□□二手學
瀕臨保育的方言（官方不認證）
□□的放學路，沿愛蘭橋頭學採集
一路發揮勞動力，手腳敏捷盯上
最生猛的蛋白質，過貓，溪哥，一路
茄芷袋提著螺蝦爬蟲類大合唱
跳過紅眼發炎的河床
（無效的水泥白衣
野菜雜生）岩石喉硬涸
童年光陰超現實展開
鐵皮家屋野獸派，石棉瓦蟲洞
坑疤夏夜，螢火蟲吸飽電力
滿天興奮的星斗

整家族作穡人
一起一起的歡唱
同胞盛宴的感覺
哈利路亞大半生
（解決這個「喝」的難題）
比一個人歌唱來得更美好
□□，認同漸隱沒的群體*

……

* 空白□□，指涉那不常說出口或漸被遺忘的族群。

56.

裝填黑色塑膠水管裡
祖靈被輸送下山……

踩踏乾涸生薑田
頭燈梭巡著溪壑兩壁
尾舅——做溪的□□
上山去，黃昏破洞了
獸的靈魂仍定格他為
夜的嚮導
墨綠蟒林的紋理
水藤銳尖攔路

獵徑早遭野草內化了
山澗小寂寥
曾經，「職業介紹所賞識下……
他也是三重埔骨力，練就
一手好字的油漆工」
被使喚二十載後
賺食人返鄉（都市文明反芻的殘渣）
小發財車四輪隨傳隨動
羌息、擾跡、排遺
荒野邊線隨溪溝崩落
足下溫熱的腳感
頑存出張所牧草覆歸的遺址
祖靈啊，他可踩上您們的記憶？
獵人一步步向前

身影蟠曲成一條山脊黑蛇
胸膛蘊藉著一座龐然大物
（滄桑泥石流的馬利加南）
步入新搭的獵寮
老父（入贅的客家漢）
早已乾炒了糯米，龍葵洗淨
同攤在地的放山雞靜靜蹲踞
火灶一角等著內兄
「食飽言？」*
月光無骨
從頂上藍帆布游入
溫柔照鑒一根
熟成芳香的椴木香菇

*客語：「吃飽沒？」

# 57.

沿著鋼骨懸臂左翼的通道
襯衫憑藉高樓氣流懸空
馬博拉斯手拿儀器測量著壁體
傾度，生命在高風之上
右側隕落百公尺的帷幕斷面

跨坐升降梯上，液壓泵使力
操縱起重機抗衡地心
米茲荷西——巴丹島來的南島兄弟
一節節鉸接升高

剛性撓度的故事情節

生命繩連結防墜器
上半身冉冉
進入一朵空汙的雲
全身籠罩懸浮氣膠粒子中
霾天的城

# 58.

雲光嵐彩氤氳小山城
閩客聚落夾擊下
一名呂宋島來的姐妹
照護▢▢衰老的達芬
日日接送姪女上下學
攜回 7-11 微波早午餐
她們南島祖先來歷相同
雖阿嬤已失落半生族語
莎曼珊河洛話必修課：

「it」，達芬已一眼盲
「ji」，一日二次血壓藥
「tshit」，週而復始
第七 kang
宇宙肇生之際
她扶她去禮拜堂
羅馬拼音合唱台語聖歌

莎曼珊南島語回贈課：
「阿嬤，復健課是這個
kuto 跟 mata 動作的進行」
mata，她「眼睛」水汪汪
kuto，她「頭」撒嬌搖*
斷然，達芬以流利台語拒學

「阮不番顛，阮過去是番
現在已經變做人仔呀！」**

昨日如流水流逝山坳
明日如雲瀑虛妄翻騰
牽孩，攜禮牲，灶邊烤蟬
高山芒綠波喚小母貓
社區微型日照課程中
兩人歡欣跟著螢幕老師
「one more, two more」
增肌操、跳樂舞

* 第二段落皆是台語拼音：「1、2、7天」。第三段落則是南島語「眼」、「頭」的拼音。
** 見補述。

## 59.

手排檔迴別了
鐵皮木夾板的拼貼家屋
上工的族兄
藍色小卡眼神閃兩下
示意「載你一程」
登山客便躍入後車斗
產業道路崎嶇丈量山勢
兩旁高麗菜田夾迎

一株紅毛杜鵑從貧脊的山崖中
綻放，而雲海漸漸湧上
石器時代至後殖民的一貫景緻

城裡來的登山客
一身洋名牌的護身物
始祖鳥的衝鋒衣
在群山環抱的綠海中
自顯為唯一被保育類
登山口到了
「你請下車，後座位
還給新鮮高麗菜」
——道別的族兄

眼神自有尊嚴

漬物、みそ汁、燙清酒
三兩破碎的陶瓷盤
對關駐在所的家居舊記憶

啟程，登山客適意
群山環抱綠海中
火冠戴菊鳥跳躍
滄桑鐵杉間
緩緩往高海拔攀升
□□的兄，肩帶扛起

七天份的食糧

松濤，斜雲，林間地
過巉峰繞枯柏入大草原
看，壯闊的山勢依舊
許久，寂寥了許久
登山客仰望：
「自覺我已不輕狂
不再如鹿野忠雄般
青春恣意好男兒。」

許久，寂寥又沉吟了許久
沙里仙溪泉源絮語依舊
（雛鳥啼鳴，祕密已孵化）

登山客喟嘆：
「對比祂星球式的年齡
我們不過如松針般
遺落林間地誤入……」

□□兄靦腆若幼羌
他的汗水滴入綠意
呼吸同萬物並育
熊腰挺立千百年
我群野生的文明
山與兄都遙想起：
「百年前老族長
也是鹿野先生
不卑躬的揹工。」

寒意漸湧上，一隻白面鼬鼠
栓皮櫟上解殖躍騰，我先人恆常
縱橫狩獵處，一隻藪鳥默默

經歷千辛萬苦征服者
意志登頂了
夏日滿溢的湖水喜悅
消費著天使的眼淚
登山客的英姿
紛紛搞怪嬉笑自拍
箭竹土薄（草蜥伏藏在

耐旱的心房地帶）
一片緩草原
綠意往北延伸
四更夜，月母獨坐
太古的思維裡等候
天地湖心前明鑒
自己傷痕的鏡
鏡底的引力如腹鼠
喜竄迷宮地下莖中
陰性者的心事
羞澀蜷縮著……

蒼鬱得凝的雲煙碧水上

奇伐，敷設滑道、木馬
（「國家」雄偉坐鎮於此）
年收幾十萬石的雲霧森林

是夜，各族揹工團聚烤火
舞舞舞，火之精靈
餵之以氣
舞舞舞，九穹烈焰重生
稜線上卻傳來盜木的消息
族人紛展翼，如鷹奔騰支援
廓然鬱山間
夜往更深的夜
聲音在黑暗中凍結

黑濃稠出墨
樹蛙鼓脹，貂羌喉閉
墨山呼吸吐納
探照燈僵持
枯枝掩飾下誤已空山人去
夜的盡頭
台步踱出一名身強力壯
南島男，他沒逃
後緊依偎一小幼兒沒逃
從平原翻山越嶺
三天三夜縱走中央山脈
崇高的父愛
盜木集團下的小螺絲釘

平地的集材貯木池裡
一根根太古的毛髮漂浮著
整座神話被砍伐鑿空刪去

一時之際，巴宰布農葛哈巫魯凱
緘默成群，他們擬態成林
沉默中，陰翳雲朵往谷壑潛匿
熊豹的身軀雙手環抱
內斂站立成胸圍十米高聳天

男子闇默如垂枝
不動的一顆石

一朵薄雪草
當力氣放盡，隱沒成
慢慢
一條慢河
平流下洶湧的羞愧
對岸，森林系寬厚
雨滴點點，灑落此際水面
濕漉漉中他站了起來
沉默、堅毅，皎潔的天光
越是堅毅站立成一株挺拔的島嶼台灣杉
高大英俊潘雅各
愈發抽長，他筆直的身軀
英姿高大撞破雲海
以身高頂撞穹蒼

懾人，直到撞上天上的一輪
明月呀

最終，一頭幻麗山獸神
腳蹤踱過來
分叉王冠是季風滋養的角
磨蹭樹皮，硬蹄向深根角力
（砥礪起整座星球）
雲霧帶的舌頭
牠伸出來舔他
堅韌的舌內襯，口水黏呼呼
濃濃香氣一株野百合
舔食督巴斯
眼角的鹽

國家賜我姓，教會賞我名
「潘」「雅各」，回來吧
做番吧！督巴斯蕭力希珥*

……
* 「回來做番」見補述。

## 60.

「磨穀阿哥哥
熊腰是威猛

椿米阿妹妹
雙瞳是海波

在哪裡，愛人
在這裡我們
相親更相愛
相愛更相親

膀臂啊糾結
磨穀阿哥哥

腰肢啊裊娜
椿米阿妹妹

在哪裡，愛人
在這裡我們
衷願杵聲終宵響不停
踏歌到天明

金色圓月啊
歌聲隨鳥飛椰林

相親更相愛
衷願杵聲透夜響不停
蹈歌到天明」

下戲後，藝術學院畢
□□的阿妹妹
山地文化村兼職歌舞員
供食宿不含勞健保
混血保障，無經驗可

## 61.

跨坐升降梯上，一節節
馬博拉斯風壓的心
鉸接升高，對街低樓層
光彩絢爛的百貨公司
中樓層奮發的補習班看板
依稀，他見到埋首
默背著各省地理、炎黃歷史
也真上了理想大學（成龍
成鳳？）的懵懂少年
高樓層景觀的鉄板焼き餐廳

父親也曾努力學習餐飲禮節
遞送文明的刀叉，最終工殤
將之遺送返鄉農牧

天未亮冽冬中走1.5小時上學路
默背ㄅ（別）ㄆ（怕）ㄇ（沒）ㄈ（飯）
手拉手唱路隊歌縮短城鄉差距

乘坐著升降梯而上，馬博拉斯
複習著城市面貌，鄉野頑童
讓不逆流的省道隧道
（窗玻璃最優秀的導演）

送入川流無止歇的時光現代
快速成漢的心
一節節嫁接鉸緊
冉冉進入自己管理的工域
一群南島男子——外勞、同胞
日復一日躡走大樑
自抑無以配組
暴露在小樑上的開放邊緣

在盤商的塑膠板凳蹲坐終日
剪菁仔、去蕪、洗淨，領便當
環繞四圍的山頭，山
淺根的心越來越沖蝕單薄

烈日之下，男人們揮汗
用扳手衝擊斜撐的壁虎
安放勞動力的樣線
螺栓鎖緊精神，用不同南島語
彼此溝通歸屬感
砂輪機塑造鋼筋（及人體）
米茲荷西的疲勞常是固態存在
椿錘，和善向地表打招呼
人體以最大錘速
交託能量
現場地質滿意回報承包商
跨國勞動，母語雜通，而自己

——到底又是幾分「熟」？

曾經，外婆跟他說過很多
很熟的話，雜舌似樂
而如今，他善仿學舌
管理著南島子民的命運

曾那麼多遭逢觀看再爬起
曾膚色輪廓，曾正眼斜眼
曾警方誤認南洋弟兄壓制
曾沮喪中再爬起中？

午休時刻的米茲荷西

累乏，就下沉潛入無意識
的水域，他畢竟是自小愛海
愛到幻象海王子
心體解離，舒坦的鹹味
汪洋日夢
（沉浸神話裡的工人）
陸地，顯露出遠古的意志
礁石很善良
下潛後舒暢上岸（僅回到宿舍）
總順手捕獲兩朵夢
美麗的夢
一朵肉質綿密女人魚
一朵渾沌乾燥男人魚

下午一點，馬博拉斯笑弄踢醒他：
「口水流到要灌泥漿了嗎？」

鄉下的孩子，結實、骨力
甘蔗般直挺挺聽訓，實作
退路？再退就回去做田

加班趕工夜色初凝
粉光的肝未硬化
注入一池清水
養護灌漿後的混凝土
木屑、泥滓、移料搬樣

排紮的夥伴緊密一致
扳手、牆腳、錨胸
柱體、拱面、錘頭
馬博拉斯早已學會監造
標準化的軀體，模具
現代性，管理情緒不易龜裂
但山上的父，只習慣漫散
巡守旱澇的水圳，養鹿場
圈養著不可一世的神氣
中海拔的兄，恆常纏綿山
盤桓山的基體不忍稍離

抖毛淌水、神氣顧盼，在鐵籠

標準化採茸流程，為了漢方
為了強健補身？只為了失去神話

米茲荷西舉起火炬：
霎時，熊熊火舌燒汪洋
黑暗燒成一團火
漁舟明滅
沸騰了夜水，他回頭喚
馬博拉斯一同跳入夢
衝鋒，往火光飛奔
藍色汪洋裡有無數的魚種
獅子魚開屏飛翔
海蛞蝓搖擺西班牙裙擺

泅泳在液態無邊無盡
一隻大規模的鯨
簇擁成勇氣洶湧的黑潮

驀然，工地主任熄了燈
「收工啦，還白日夢？」

「漢人都不作夢？藍海
是巨靈最舒暢的笑」
米茲荷西樂天開懷

佇立五分車橋墩上，父看著
旱澇交替強烈的能高圳再修鑿

稻與牧禾，群山環伺一農人

南島的男人揮汗
摩天大樓的懸壁絕頂上
走陡峭語法
勁風吹過他們山海的身軀
自嘲踏上山羊小徑
燠熱的情緒下，雨水
伶仃自由落
漸洗滌高汙霧霾
（陰翳倒影是祂的依戀）
靜默，米茲荷西
指向凝望無垠右方

錯落不一柱狀雨
天涯之處，幻麗著紅橘
熠熠綢布緞
完整圍繞鯨身島嶼

「橘海是祂腦波
最皺摺的想念」
米茲荷西說

耳聽悸動想回家
「我，是山的孩子」
周身環繞馬博拉斯的
是始終亙古的風

穿過燠熱的舊日埔社與眉社
沉入湧泉，茭白如此傾城
高野地的夏——蛇莓與雷聲

## 62.

沿秀麗的烏溪啊
鄉間省道
馬博拉斯打檔車疾馳
塵沙時速九十
快速道路渾不知
（五分鐘車程已騎逾
茄苳爺、皎白仙女
及埤塘公的領地）
頂上，陸橋架高70米
橋聳雲天，遮蔽翠綠山巒

快速路早帶走了慢慢
歲月，曾經，慢班的
公路局一站站慢慢
從山城向外輸出
寄讀的學子
百香果、鹿茸、肩擔枇杷
父親就這一路交換貨幣。
向內山擴充的速度一路
越來越快，馳過凍頂
雲霧迅即飄散的
清芳茶香
一株株樟楠榕迎風
搖曳見到他的喜悅
騎入氤氳霧氣，籠罩恬靜

山城淡雅琉璃光漠漠輕
遠處未播種的田隴
赤赭泥紅台灣牛
馳向襞摺雄偉
山稜線……。

走入山的懷抱
在山裡走
步履向山無盡傾訴
馬博拉斯爬進心的寂寞
地帶，仰望
一株堅毅挺拔台灣杉
他熊抱上攀
健腳走陡峭語法

淚珠不止
依戀寫上枝幹樹節
勁風拉他翠綠身軀飛
躍上高大樹冠風姿纏繞光陰
他遠望竟見城裡勞動的大樓
文明人生息的城
燈火徹夜。
他闇默如初月
靜態消逸的一株山蘇
當情緒洶湧，高漲成
慢慢
一條慢河，自山裡流出
經城市入海
不間斷流淌密密麻麻訊息

（洪濬、去夏降雨總量
丘陵排泄物、燕雀呢喃語
一年稻獲喜悅的汗）
他勞動者亦是戀慕者
不動一朵雲，當生命
渴望回歸
回歸隱沒一株綻放在島嶼大地裡
迴盪濃濃香氣藍色龍膽花
是夜雲兒湧起了
馬博拉斯英姿高大
破雲渦
伸手撫慰他亦曾
撫慰過的
一輪明月呀。

## 63.

步履脈脈下山的途中
瀏覽嫩紅黑帽森林的綠
跟山有說不盡的話
千言萬語在山裡走
依稀見到山林間有
棄置的木塊，他疑
割鋸的木屑，他尋
錚骨芬郁厚重的
扁柏及紅檜樹瘤，痛
所有的雲都轉頭看他

幽魅的地形帶領向前，他卻見
連身剝下的皮毛癱在道旁，他疑
V型白胸委頓趴地，他尋
骨不在，他覓
膽不在，他痛
掌不在，他哀
心不在，他淚
踽踽苦覓惶惶慘慘
搖曳散渙的坡下
一顆巨大的熊頭端坐
（所有的鳥停喙不語）
雙眼對看世界，額中有孔
他慟慟慟

馬博拉斯長嘯
那淒厲————
刺中迢迢光年外的大熊星座

# 64.

子夜一時，島內在
最慈悲喜捨的根，禁不住
木木嘣嘣林林顫顫
森森轟轟戰慄
崎桅雙稜線崩裂
毛髮頹嗒，皮屑炸鏘
囹圄島尾端的海綿體噴發

心的寂寞地帶卻無比謐靜
（禁語冥想著天地）

心卻有
多麼地痛……

# 65.

一陣劇烈搖晃之後
碰巨響，波光炸開
良久，米茲彎彎睫毛
浮水面上眨啊眨
漿水緊擁抱，掉落的
板模撞擊生命之詩

暢快雷池聖光一霎
獅子魚開屏飛翔
鸚哥魚睜大雙眼

海蛞蝓搖擺西班牙裙擺
疾呼：
「米茲荷西，快上岸」

## 66.

寂寥山澗小獵寮
墨綠夜紋理
書家尾舅惆悵鎮日
練字不順而突然
一道蒼勁勾起右手
（如有神助）懸腕
紅牌水泥漆潑灑：
「永不 滅絕」
（良善的字母？）
懷素體意氣風發

珍珠鮮奶保力達
酒精以狂繼顛發酵？
月光游入照鑒
尾舅滿意就睡
藍帆布灶邊

夜中天旋地轉
地殼翻身那一刻
（驀然靈鳥一眨眼
飛入四字蠢動）
香菇芬芳熟成下
永、不、滅、絕
懸空，四字迅浮即起
沿山棕擾徑，疾奔

隨舊社路跡下山
風火運轉，如律令
四字跑出四條腿
豹裂肉身馳騁，急急
往山下漩渦狠勁
奔去

註：震後，達芬同莎曼珊在埕庭日夜搭帳睡了三十天

# 67.

長河緩緩甦醒
（靈鳥從大氣層外
俯墜，垂直化入河）
一條怒河於夜半月墨
粼光中振臂
昂首，祂拆掉禁錮上半身的攔沙壩
揮一揮臂膀，抖去電塔、纜線
清空肚子裡淤埋的倒木
堤防與消波塊都震碎
（清流淙淙奔，血脈暢通）

祂盤起頭
隱然捲曲的三角斑紋
終於在陌異的星球中
想起自己原是古老的命運
靜靜的，無與倫比昂起的
世界的水

祂站起來
山洪陡然善變
水庫頓時心智警戒
泥漿土石滾滾，衝擊
命運多舛的島嶼動靜脈
奔騰漫平原
（水泥肝硬化的心

虛張的盔甲流失）
祂往都市走去
霪雨霏霏由天降下綿綿銜接蜿蜒長河
成一條膨脹的巨蛇
（以白堊紀的眼光去掃描星球）
去看看城裡虛偽的人種啊
去看看人類世的足跡

# 68.

紺黑之夜，馬博拉斯
頭顱埋入胸膛，蹲踞如孩
淚隨月色流
懮懮一顆
神化的心

在恍惚的夢中，熊熊
火舌燒宇宙
馬博拉斯見黑暗

燒成一團焰，漁眼明滅
（星系簇擁成洶湧的海）

卻見一座巨大的鯨
擱淺在岸，一動
也不動
海有殍鯨
正北的顱腔，首善的
腦門淤滿人類殘渣
噴氣孔——依稀吐出最後的
灰濛濛霧霾的靈魂
下頜綿延至腹，東北—西南向的稜脊
傷痕累累，諸峰剷平光禿
尾鰭斷裂

鯨嘴上套牢一圈緊緊禁錮著的人類製的索
馬博拉斯掐住褲襠的靈
憶逝去的南洋兄弟，宇宙裡
再沒物種像他們一樣
孤獨時，對著頂加上每顆白雪雪水塔
大歌唱
「Ima ka ita？」*
——「我是山的孩子」

……
* Kaxabu 語：「我們是誰？」

# 69.

疏洪道狂吼，堤防噤口
樂樂的淚痕沖擊著大地
瘡痍體膚的市區
汙泥軟熟
倒塌的圍牆街牌字扭
腐味是四處強烈
祂髮絲掃過鬱悶淡水河
摩天高樓凝在祂淚珠之中

當樂樂乙乙行過忠孝東路

震後餘哀，卻見精品櫥窗裡
一頭牡鹿圓潤的腿肚
一團慾望之火
店內人人眼眸閃爍億萬星芒
梅花鹿腰身展示禁忌的美
叉角彩鑽熒光
渾身金幣無止盡豐饒幻生
一生二二生三三生……

# 70.

想是燋鑠轟然的風波
數百枚核彈爆炸似神色
淒厲音節，群獸逃竄的寓言
摩天大樓搖滾出隆隆虺虺波浪

——端坐遙遠纍纍銀河太空之外
大熊、蛇夫、獵豹
真空中刹那無聲息
祂們寓目數算（悲憫

堆滿心），宇宙中獨獨孕生的人類世
完美自旋無偏倚（藍珠圓潤的
是否有那麼一點悲哀？）

「干」——羌聲喚亮了宇宙

## 71.

大安拂曉
積水省識 89 mm
樂樂手持御飯糰
從 7-11 踏向對街森林公園
湖邊長椅上鬆懈靜坐
寂寥的觸手撫摸著，祂
曾浸淫星球成不涸的海

祂念起遙遠山裡
膠卷般記憶：池沼

天門冬、琉璃珠孩子
砍伐的林材忘懷在旁
（記憶裡風聲的蛹）
潺潺流洗銀白頭骨蓋
枯朽老臼齒、眼窟窿

靜聽著樹幹孔洞
此世祂又將傾瀉洪流
垂掛在受埋者
容龐的腺體？無端
忽地，愛人一叢雲鬢
媚態重又現身湖心
她眼波含羞釋嬌笑

樂樂近身手輕梳纖鬢
水神忘情闡釋美
近世未棄忘愛的風格
洪水退去的清晨六時
（不可磊落的地域）
餘震中醒來的城裡人
無一不尿失禁

## 72.

豹變，馳騁，一股風
豹母母漩渦奔行
騰躍，深壑、層巒
縱回遼闊險峻的馬博橫斷
上更世古老領地
坐姿矜持
瞭望她深愛的壙埌曠野
馬利亞文路斷崖确瘠
馬利加南主峰嶄巖
馬布谷俱寂心跳

她輕喟，迎和心的寂寞
寂寞地帶
圓柏林詠嘆調
她往前奔，由縱谷——

躍向大洋捧慰的洄瀾平原
沿古老航線奔她看見
島的端倪
慢慢由海虛構
軀體劇烈喊痛，絕峰擠壓
從海的容貌中隆升
意志符號拔起
灰白岩理的斷崖凝神
清水大山犄角倨傲如創世紀

豹母母奔仰千呎之上
斜向銀色的盛讚口吻
必然耳聽了西番
歡呼：「Ilha Formosa!」
蔚藍海平面倏地她跳回——

合歡、奇萊、畢祿、無明
大劍、佳陽、火石、頭鷹
一顆顆百岳隆生
風，最柔軟的豹身，女神編譯
踏，暖層泥炭印，隨
孢子夏翩舞，氣息腺體
濃淡了翠苔蒼蘚
她奔行大安溪水面

如一柄利刃刺出
一名賞鳥人假借雙筒望遠鏡
瞥見這叢孤火靈魂
拍岸，鼻中一股
山黃梔的豔暗香。

攀立二十樓高之上
勁風吹過他翠綠身軀
馬博拉斯攀著鋼梯往上爬
躍上絕巔，頭顱埋入胸膛
蹲踞如幻影
腳下城市是殘垣洩了氣的文明
很寂寞
蹲在島嶼最傷感的神處

落日陪他抽最後一根菸
闊達背脊，雲朵忘川流
始終內斂是
曖曖一顆
大化的心——

驟然，風中鬱悶傳來
地鳴哭聲
一陣天搖地動
閃電遁入地
千山萬水再度餘震
山體消沉，建物跺腳
（蟬鳴、狗吠、檳榔花墜
執戀的濕溽味波濤）

大樓隨音浪起伏
浪板光炙眼
浩瀚揮舞意志
馬博拉斯向地心投降
跌向鋼骨邊無間斷面
下墮——

陡然，靈鳥虛空飛入
以光速，利喙直釘上他衣襟
鋼架，七重天上
電掣把他釘成一幅十架
聖殤（阿門
感謝主）。倏忽
一頭豹，從山邊奔來

高速踩簷、躍頂加、縱高架橋
點評水塔，急遽
神馳，高空中撲向馬博拉斯
猝然化為他孤穩額上
一頂祭祀用猙獰
獠牙（先驗的）
冠帽。

「阮過去是『番』，現在已經變做『人仔』呀！」（gun koe-khi si Hoan, chit-ma i-keng pi-cho lang-a lah）與「返來做番」（tag-lai cho hoan）兩句話，來自學者詹素娟的田野筆記，「前一句，是在一九九一年的宜蘭田野中，來自老輩平埔後裔的靦腆自白。後一句，則是二十一世紀初熱烈的平埔正名運動中，各族後裔凝聚共識的口號。」[1]

第一句話，是礁溪葛瑪蘭的抵美簡社一名偕姓婦人說的。二〇〇一至〇二年間，各平埔族後裔發起一連串正名運動，號召返來做番，欲將「番」的記憶帶回當代社會。短短十年，平埔族世代差異對照，老一輩興嘆自己脫番成功，但下一代人卻倡議返番。二十一世紀的現在，我常觀察著台灣南島民族成員在快速成漢與倡返做番之間拉扯的益與弊。對我而言，成漢常常同時意味著中華、現代性、西式文明；就大尺度的人類文明脈絡，我思索的是神嫡與人殤／傷。

詩組的第三部分，我特意將西來傳教士稱為西番。一八六〇年台灣四港口開港通商後，始有宣教士入台。一八六五年，長老會傳教士馬雅各（Maxwell, J）以府城為據點，而馬偕則於一八七一年來台宣教，在台凡三十年，一九〇一年逝於淡水。馬偕抵台初期，拓荒者因毛髮膚色相異，遭遇無數困難，他自述，常在各地被台灣人民圍堵，砸石、唾吐、國罵，恫嚇威脅危及生命。馬偕也在彼時引入最先進的西洋知識：地質學、天文學、解剖學（他常拿動物頭蓋骨眼珠向台灣弟子解剖教學），也引入進化論跟聖經的討論。當然，最實用的科學宣教方式是：拔牙，即刻解除庶民痛苦。據統計，馬偕在台三十年一共幫台灣人民拔牙兩萬一千多顆，造福人群功德無量。

---

1 詹素娟，〈日治初期台灣總督府的「熟番」政策——以宜蘭平埔族為例〉，《台灣史研究》，台北：中央研究院台灣史研究所籌備處，2004年6月，11卷／第1期，頁44。另，很恰巧，馬偕曾在蘭陽平原建立起二十間以上的長老教會，許多平埔族人改為漢名時，都從馬偕而以「偕」為姓氏。

馬偕一八七二年即造訪埔里，到過一些平埔部落，也包含我外祖母所在的村落。我外祖母出生於一九一六年，我的外曾祖父母輩，恐怕都親眼見證過這名西番。馬偕身受辱罵的詞彙包括了番仔鬼、紅毛番、黑鬚番、番仔狗、野蠻人、外國狗、外國鬼等等。第三部分訂為西番，並無任何汙衊之意。這些西方使徒對己之榮辱絲毫不掛心，將己之安危交託於上主。此節雖從馬偕出發，但不必視為其本人史實事蹟之闡述，畢竟詩藝意在言外，當務求更赤誠冒險之寓意象徵。傳教士們偉大的心志與義行，西番在我心中崇敬感佩不已。

一九九九年，台灣發生九二一大地震。我幼時住過的鄉鎮村落幾近半毀，公車亭、菜市、庭腳仔、銀樓、肉鋪、我國小老師家經營的文具店，全毀，整條街區瓦礫殘骸移除後，一大片空曠空白，真正的空白與空無，反是最怵目。本詩組並不直接指涉九九年大地震，添入台灣人如常相伴的自然現象，是為了紀念自己的童年。

# 後記

幾年前我參與了一趟橫斷中央山脈的行旅，穿過台灣的心臟地帶，從島嶼西緣一逕走到島嶼東側，南投地利村入山，再踏上平地時，已是花蓮富源村，整整十日，踏的是毫無人蹤的荒徑：丹大西溪、堪姆卒山、關門西稜、馬太鞍溪、倫太文山，我們走的路被稱為台灣的最後祕境，路基早已消逝而必須自己披荊斬棘於廣漠山稜中找路開路的關門古道。

那一團夥伴中，有五位布農族族人，攜著後膛制式獵槍。我們一路跟蹌跌撞，上攀三千公尺，寒霜暴雨走在台灣屋脊上，風障霧暝穿梭迷茫森林裡。五位裡頭有一對夫妻，行至半途，我才知道原來這趟冒險的山行被 Lizu 與 Ali 當作他們的蜜月旅行。

Lizu 是布農卡社群人，Ali 是布農丹社群人。一九三三年，日本人實施集團移住，Ali 所屬的丹社 Manqoqo 家族被迫遷移到中央山脈兩側，一半定居地利，一半移住富源。新婚的他們，想要橫越中央山脈到花蓮去探訪 Manqoqo 家族的親戚，我們走的路，就是他們祖先在日本殖民主壓迫下被迫遷移的流亡路。

一路上，餐風露宿，彼此同甘共苦。那場旅程回來後，我們成了很好的朋友。幾個月後，某次閒聊裡，Ali 才跟我說（內斂保守布農的她觀察了我許久），Manqoqo 家族裡有個私密的故事：不知多少年前，曾因一場瘟疫，Manqoqo 家族收留了來自平埔 Kaxabu 的族人，兩方從此有了血緣關係。

我的母親來自埔里 Kaxabu 族，從小，我就在濃濃的山林氛圍下長大。我外婆的長相，活生生就是從日人伊能嘉矩所拍的照片中走出來的南島人物。她捲髮，皮膚黝黑，喜戴金耳環，身材矮小但幹練有生氣。我自幼從神似魔法阿嬤的她那裡聽來了一堆村野神話，我們居住在環山的中海拔盆地，四邊皆是連綿中央山脈支稜，阿嬤說山裡有熊，熊是掌管森林的山神，風神有時化為豹，而有些樹木會自己走動，溪流易氾濫故族人仍普渡水神。儘管外婆一生主要操持台語，但當她去世時，我們調出來的戶口名簿，由外祖父母上溯的長輩們，名字下方都蓋了一個「熟」字。

後來我更認識了同住地利村的 Lumav 牧師，他自稱祖先就是被布農人收養的 Kaxabu 人。[1] 布農族詩人乜寇也認識 Lumav，本來遍居於海岸與平原區的平埔族被認為與高山原住民族關係不深，但乜寇專文敘說了平埔與高山族人在古代有深刻地往來。[2]

想來是上天讓我遇見 Ali，這開啟了我的島嶼神話詩學，一個當代台灣人該如何溯源並肯認自己的島國神話？我便以一個十九世紀台灣中部山區村落為發想，上下求索。我開始遙想數百年前，Kaxabu 與布農密切往來的時期該是怎麼模樣。更甚，由數百年上溯數千年之際，當這座島嶼上的族群人們未如今日如此定型分布時（未有布農遑論 Kaxabu），人類的生活狀態該是如何？我揣想著此島的人群分享著同樣神話傳說與生活方式，甚或洪荒之際，天地初始，眾神間的過活。

在人類古代，詩、思、神話合一是思維書寫的極致，印度《薄伽梵歌》、《羅摩衍那》，猶太《約伯記》，赫西爾德《工作與時日》等皆是人類書寫智慧的統合性代表。對於先蘇思想家，思與詩並沒有顯明的區分，「思想之詩」（poetry of thought）從古希臘開始便有著悠久的傳統，赫拉克利特尤是。作為詩人——思想家的原型，赫氏試著將言說迫向絕境（aporia），迫向語言邊緣的二律背反與不可確定，讓詩—思此雙面體的共生場域有至高的哲學與至高的詩歌運行其中。

1 他該是我遠房親戚？Lumav 稱我為「Kaxabu 的小鳥」。

2 乜寇・索克魯曼（2017）。〈遷徙、作物和婚姻：布農族和平埔族群的對遇〉，《原住民族文獻》，34:34。乜寇說：「整個台灣島嶼遍滿了南島語族的足跡，這樣長久的歷史過程不可能沒有任何的接觸與關聯。甚至反過來說，台灣原住民彼此之間就是一個大的語系家族，尤其在台灣的南島語族，彼此分享的不只是語言這個文化資產，更應該包括了血緣。」

我常懷想著詩—思想之人（penseurs poètes），此類特別的思維心靈在歐洲歷史上的首次湧現，語言逾越的塌裂處，思想的絕處及終點，詩—思想者在詩意與思意間實踐限界內外的跨越與探求。

意即，哲學之先，「思」如何與「詩」為鄰？且神話如何轉譯為思？起源之前，思／詩／神話如何眾妙而同出？詩人，如何操作著凝神之思……。我遐想著，回到思想與語言尚未區分的這種渾然一體的狀態。

一九三一年，時年二十五歲就讀東京大學二年級的鹿野忠雄來台登山七十天，他山行的範圍包含了今日丹大山、馬博拉斯山、馬利加南山、秀姑巒山壙埌的荒野（今南三段、馬博橫斷、南二段），因而寫下了大名鼎鼎的山岳著作。其中有個片段敘述，他同布農族獵人登頂中央山脈最高峰秀姑巒山時，遠望重疊的群山背後，金色燦然的太平洋也歷歷在目，那是東海岸。對一輩子從未離開過深山的布農族朋友，無論鹿野再怎麼解釋：

「Sikavaivi bunu.」（那是特別的天然積水）

「Madia danum.」（很多的水澤）[3]

剽悍的布農人還是一臉未解，無法理解那銀色亂雲迤邐下，一大片藍色的東西是什麼。鹿野喜愛的布農朋友搖搖頭，高山族人不認識海。

而另一則小故事也讓我著迷。他們登山的途中，布農族人邊拿弓箭邊射獵藪鳥，獵物中箭落地後，三名族人急忙趕上拿起鳥兒，「各拔掉一支羽毛，點火後分別放在自己的嘴邊吹出一口氣，舉行 Sivinsaubu 儀式」[4]，口中念念有詞，儀式是為了祈求能帶來獵捕到更多動物。

3 鹿野忠雄（2000）。《山、雲與蕃人：臺灣高山紀行》，楊南郡譯，台北：玉山社，頁 121。

4 同上註，頁 192。

我曾拿著此文字片段詢問了幾位布農耆老。發現，竟沒有任何一位長輩能告訴我關於這樣祈求的細節，他們甚至沒有聽聞過這項狩獵儀式。短短九十年，我難以想像，這樣的捕獵祈求已在布農人之間永滅了。

兩個段落，完全顯示了百年前與今日宛如兩個異端遙遠永不相碰的星系之間口傳、記述、書寫、祭儀、世界觀等的塌陷並斷裂，絕處已是而無任何終點起點。

短短九十年，我們進入了嶄新全然不同的世界整體，我們已被框架限居在一個現代性的星球。我懷念著思想眾妙而同出一體渾然的狀態，那時候的人類沒摸過沒見識過「海」。

我遙想並深深懷念那樣的年歲。

這些年來，我總不滿足於一時興起的單一詩創作，而更是邁向更總體性之思寫。不滿足於一時乍現，一首一瞬間的思想，乃必須要躊躇塗改來來回回思索增補，最終以總體性定調而寫下。

這部詩組中的精神領域：山岳、森林、絕峰、狩獵、神話、基督宗教、現代性的失落，都是我這些年來來往往遭逢經歷的。詩集第一、二部分取材的多是南島各族共通的傳說神話；固然是因為神話之間的家族相似性[5]。然而，我總是曲折塗寫，先發明了一些奇幻，才發現這些奇幻早已在口傳中形變許久，人的潛意識，有個集體的神話源頭。

我的祖父是祖籍廣東梅縣的客家人，祖母是閩南人，我身上同時揉雜了平埔客閩及少數高山族的血統。實則，八成以上的台灣人本多是混血（唐山公、平埔媽結合的後代）。在城市裡求學就業，顯性，我們都是台灣人，但同時又擁有隱性的各樣認同（平埔閩客原民比例不一，詩中我用兩個空白□□指涉那不常說出口或漸被遺忘的自身）。整組詩篇中，第四部分的人物素描多出自我自幼以來身邊的親朋友

5 「家族相似性」，維根斯坦的概念。一字詞可指涉事務的不同狀態，例，籃球是一種遊戲，下棋是一種遊戲；各種「遊戲」間未必有著共同本質，但卻有著家族相似性。

人，我們多是由樸素村野到城裡去討生活的鄉下人，貧窮、骨力、台灣牛；我由隱性的混血認同一路上溯至千年之際的南島神話，一體兩面，即是顯性的若干台灣人之系譜沿革。當代台灣人真是無神話的民族？當我構思島嶼神話時，實不可能回到炎黃或中原的脈絡，那麼，由混血的自身一路上溯至南島洪荒（實際歷史中三、四萬年前最早的南島民族跨越冰河來到島嶼），便是當代集體台灣人所當肯認的詩／神話之開端，也即是我最初設定求索之源。

李維史陀曾說，人類學（anthropology）就是熵學（enthropology）（二字讀音一致）。熱力學第二定律，又稱熵增定律，第二定律認為熱量從熱轉冷是不可逆的，熵是測量其中不能做功的能量總數，在孤立系統中，能量消失不可逆，而熵總是增加的。若認為人類學就是熵學，則人類的存在就是代表著能量消逝混亂，熵數總是增加。那麼，神熵的年代，諸神消逝隱退，人世混亂，每況愈下，此世再無諸神容身之處。拔牙、文字、槍枝同出在I、III節，科學與現代性，神熵扭轉，對映曲筆之所在。除魅、現代性、上帝之死。我認為可悲的不僅是那神話的消逝，同樣亦哀憫著人類的景況。在神熵的年代，成為人[6]未必能意識到其中的闕如。而在神熵的年代，若心靈盈滿神話，往往會成為現代社會的反芻殘渣，或不合時宜的一無是處，神熵之世，人殤／傷之島。

……

6 成為人幾乎是許多南島民族族名的本義。

# 致謝詞

《神熵之島》之完成，要感謝閱讀初稿並給我詩學意見的緯婷、曹尼，閱讀初稿並給我文化判讀與回饋的Ali。也謝謝費心撰文推薦的佳嫻、巴代、偉棠、乜寇，四位都是我尊敬的作家，在此深摯謝忱。另謝謝家帶師推薦。也特別要向UT Austin的張誦聖教授及南洋理工大學的游以飄詩人致上謝意，我過去一年半在兩校訪問講學，他們熱忱接待，讓我有餘裕安心書寫。也謝謝我的繆思、親愛家人的陪伴。《神熵之島》從二〇二三年二月寫到十二月，始於休士頓終於新加坡，詩集初稿遊蕩了南北美洲，漂泊完結於南洋，內容卻是深邃神祕的台灣中央山地，想來也是本書奇特的命運，Ilha Formosa！

## 主要參考書目


1. Snyder, Gary（2018）。《禪定荒野》，譚瓊琳、陳登譯，台北：果力文化。
2. Macfarlane, Robert（2017）。《故道》，Nacho Eki Pacidal 譯，台北：大家文化。
3. 偕叡理（2012）。《馬偕日記 1871-1901》，王榮昌、王鏡玲、何畫瑰、林昌華、陳志榮、劉亞蘭譯，台北：玉山社。
4. 鹿野忠雄（2000）。《山、雲與蕃人：臺灣高山紀行》，楊南郡譯，台北：玉山社。
5. 臺灣總督府臨時臺灣舊慣調查會著（2008）。《蕃族調查報告書．第六冊，布農族前篇》，中央研究院民族學研究所編譯，台北：中研院民族所。
6. 臺灣總督府臨時臺灣舊慣調查會著（2015）。《蕃族調查報告書．第三冊，鄒族 阿里山蕃 四社蕃 簡仔霧蕃》，中央研究院民族學研究所編譯，台北：中研院民族所。
7. 臺灣總督府臨時臺灣舊慣調查會著（2012）。《蕃族調查報告書．第五冊，泰雅族前篇》，中央研究院民族學研究所編譯，台北：中研院民族所。

8. 臺灣總督府臨時臺灣舊慣調查會著（2011）。《蕃族調查報告書．第四冊，賽德克族與太魯閣族》，中央研究院民族學研究所編譯，台北：中研院民族所。

9. 乜寇．索克魯曼（2017）。〈遷徙、作物和婚姻：布農族和平埔族群的對遇〉，《原住民族文獻》，34:33-39。

10. 詹素娟（2004）。〈日治初期台灣總督府的「熟番」政策——以宜蘭平埔族為例〉，《台灣史研究》，11:43-78。

11. 鄭怡婷（2009）。《論當代平埔族群主體性的構成：以埔里葛哈巫為例》。碩士論文。南投：暨南大學人類學研究所。

12. 方惠閔，朱恩成，余奕德，陳以箴，潘宗儒（2019）。《沒有名字的人：平埔原住民族青年生命故事紀實》，台北：游擊文化。

文學叢書 730

# 神熵之島

作　　者　吳懷晨
總 編 輯　初安民
責任編輯　林家鵬
美術編輯　陳恩安
校　　對　吳懷晨　林家鵬

發 行 人　張書銘
出　　版　INK印刻文學生活雜誌出版股份有限公司
新北市中和區建一路249號8樓
電話：02-22281626
傳真：02-22281598
e-mail：ink.book@msa.hinet.net
網　　址　舒讀網 http：//www.inksudu.com.tw

法律顧問　巨鼎博達法律事務所
施竣中律師
總 代 理　成陽出版股份有限公司
電話：03-3589000（代表號）
傳真：03-3556521
郵政劃撥　19785090 印刻文學生活雜誌出版股份有限公司
印　　刷　海王印刷事業股份有限公司

港澳總經銷　泛華發行代理有限公司
地　　址　香港新界將軍澳工業邨駿昌街7號2樓
電　　話　(852) 2798 2220
傳　　真　(852) 2796 5471
網　　址　www.gccd.com.hk

出版日期　2024年3月　初版
出版日期　2024年12月　11日　初版二刷
ISBN　978-986-387-713-4
GPN　1011300180

國立臺北藝術大學
Taipei National University of the Arts

定　價　360元



國家圖書館出版品預行編目資料

神熵之島／吳懷晨 著.－－ --初版. －
新北市中和區：INK印刻文學，2024. 3
面； 14.8 × 21公分. --（文學叢書；730）
ISBN 978-986-387-713-4（平裝）
863.51　　113000584

舒讀網